LE
SÉRAPEUM DE MEMPHIS

PAR

Auguste **MARIETTE-PACHA**

PUBLIÉ D'APRÈS LE MANUSCRIT DE L'AUTEUR

PAR

G. MASPERO

PROFESSEUR AU COLLÉGE DE FRANCE, DIRECTEUR GÉNÉRAL DES MUSÉES D'EGYPTE

ATLAS

PARIS
F. VIEWEG, LIBRAIRE-ÉDITEUR

67, Rue de Richelieu, 67

—

1882

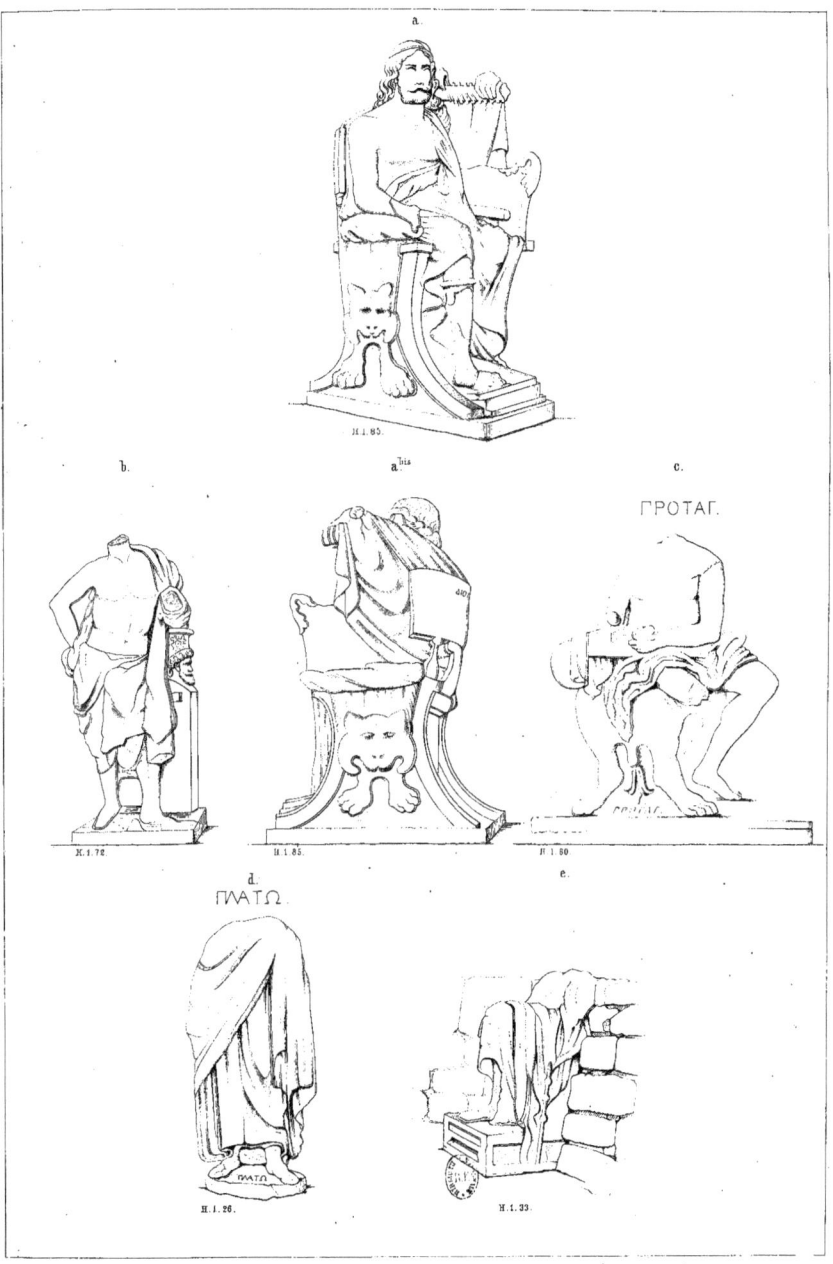

a.

H.1.85.

b. a^bis c.

ΓΡΟΤΑΓ.

K.1.72. H.1.85. H.1.80.

d. e.

ΠΛΑΤΩ.

H.1.26. H.1.33.

DROMOS.

HÉMICYCLE.

DROMOS.

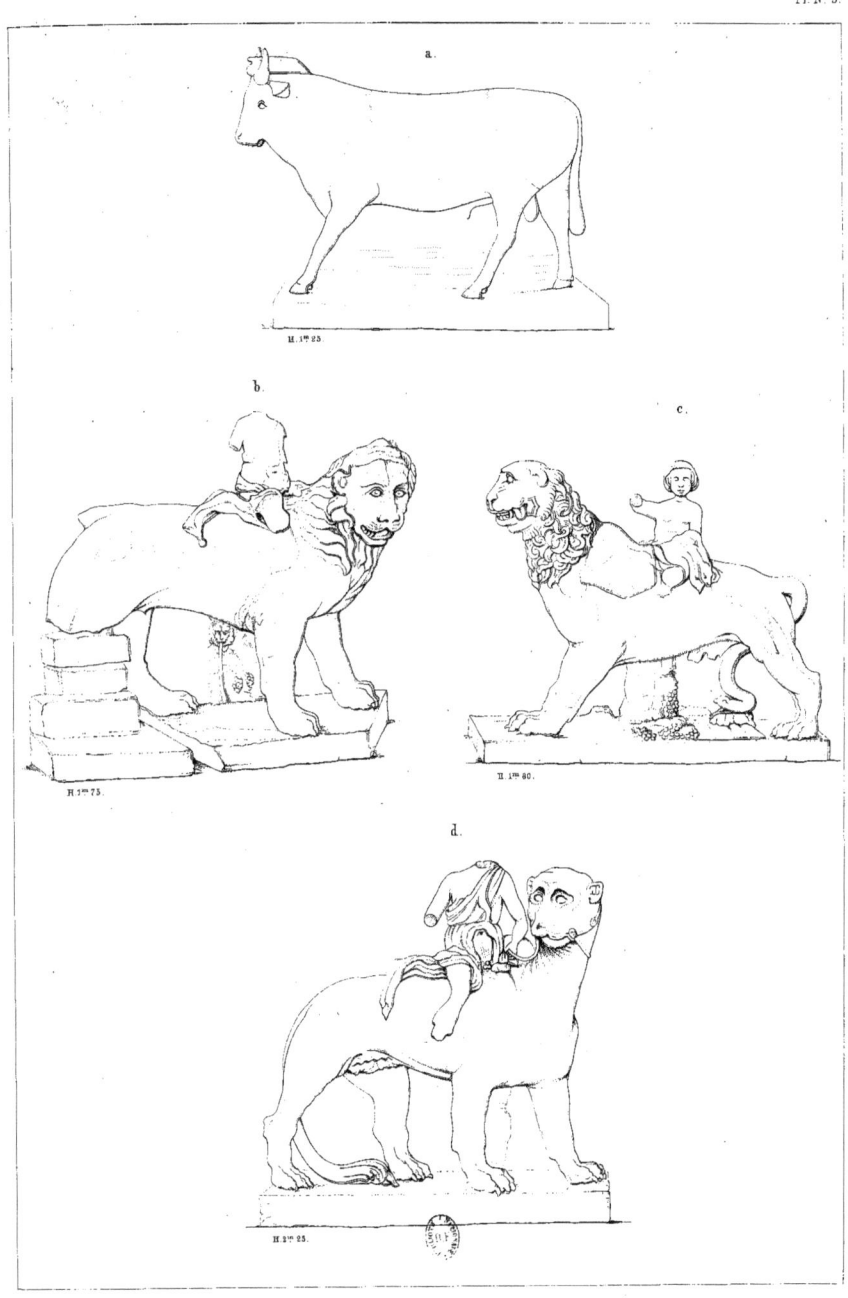

a.

H. 1ᵐ 23.

b.

c.

H. 3ᵐ 73.

H. 1ᵐ 80.

d.

H. 2ᵐ 25.

DROMOS.

a. b. c. Mastaba du Nord. - d. Mastaba du Sud.

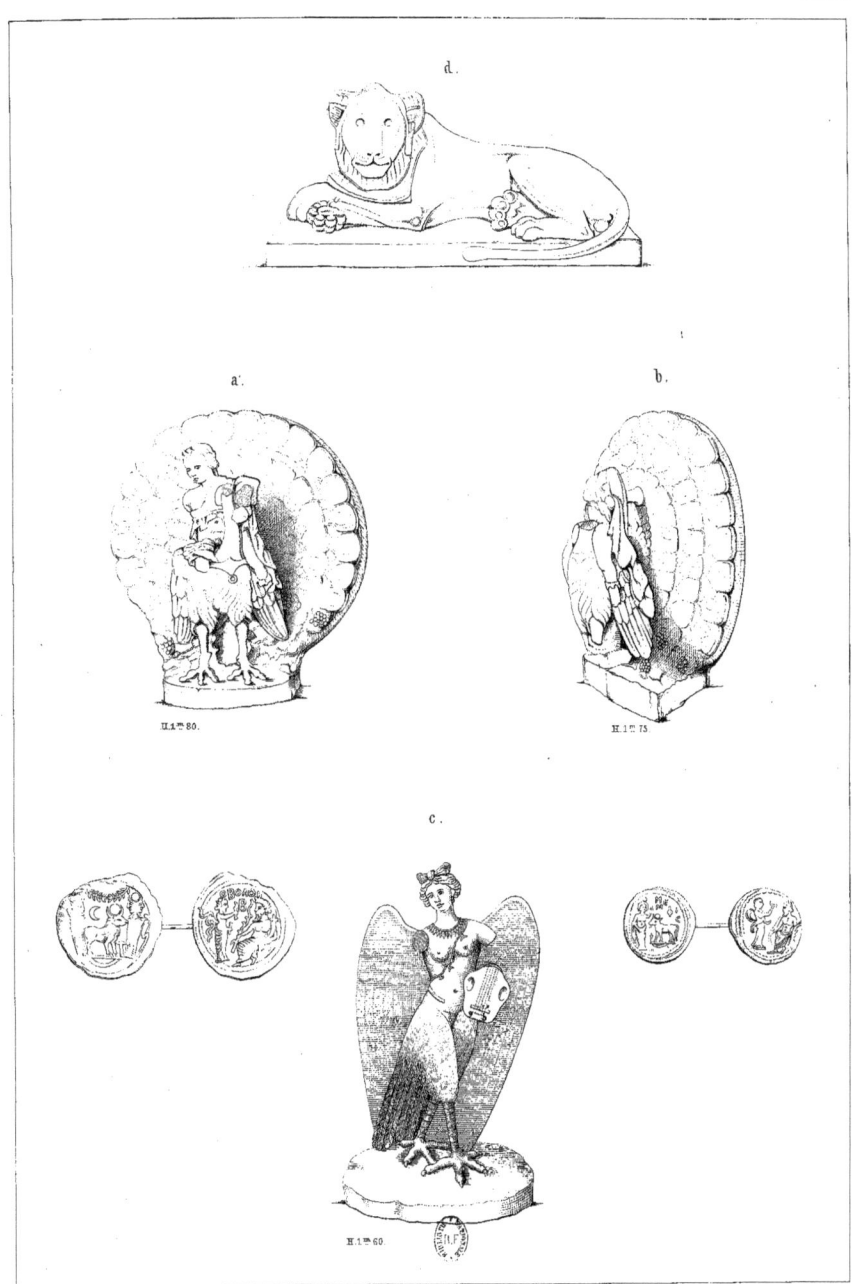

DROMOS.

a.b.c. Mastaba du Sud.- d.Grande enceinte, Pylône de l'Est.

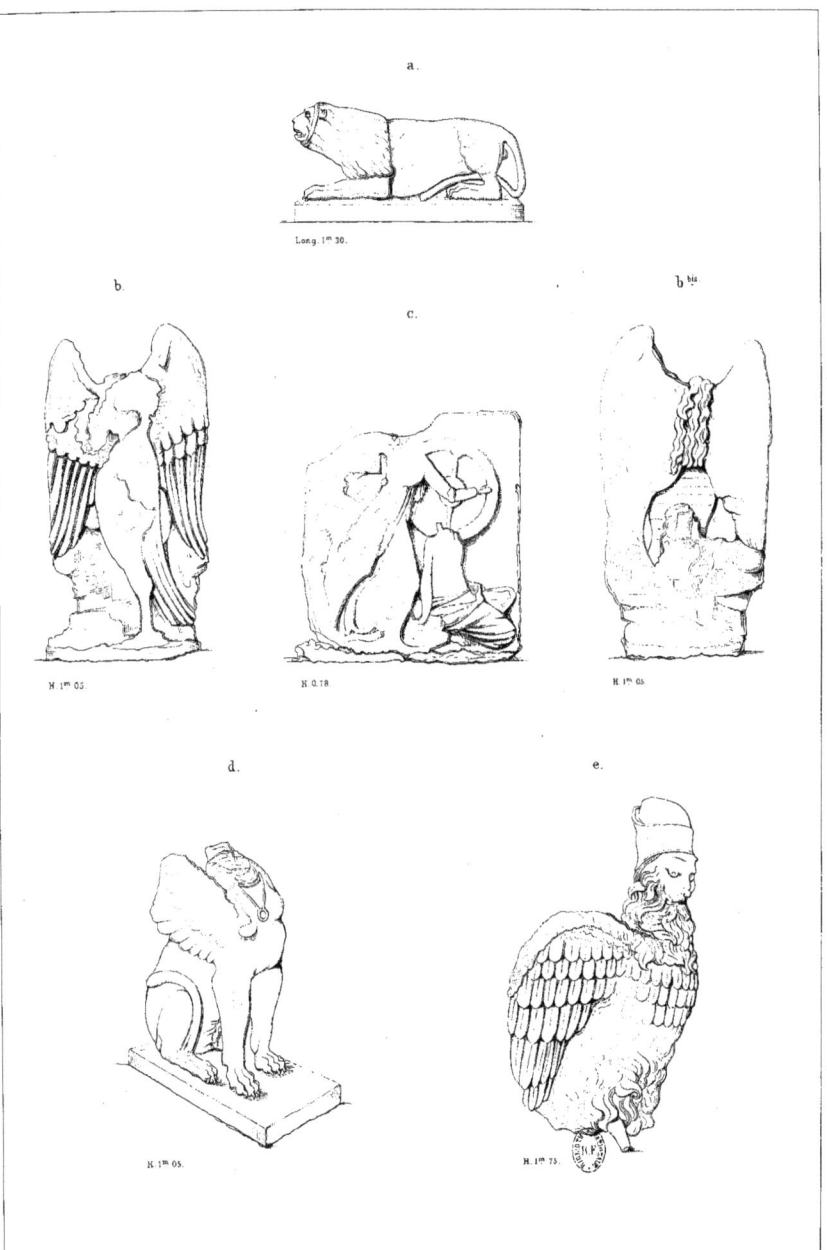

a.

Long. 1ᵐ 30.

b.

c.

bᵇⁱˢ

H. 1ᵐ 05.

H. 0.78.

H. 1ᵐ 05.

d.

e.

H. 1ᵐ 05.

H. 1ᵐ 75.

DROMOS.

a. Mastaba du Nord. – b. c. d. e. Mastaba du Sud.